栖于诗行

万法好　著

中国海洋大学出版社
·青岛·

图书在版编目（CIP）数据

栖于诗行／万法好著. —青岛：中国海洋大学出版社，2019.9

ISBN 978-7-5670-2436-6

Ⅰ.①栖… Ⅱ.①万… Ⅲ.①诗集－中国－当代 Ⅳ.①I227

中国版本图书馆 CIP 数据核字（2019）第 234071 号

出版发行	中国海洋大学出版社			
社　　址	青岛市香港东路23号	**邮政编码**	266071	
出 版 人	杨立敏			
网　　址	http://pub.ouc.edu.cn			
电子信箱	94260876@qq.com			
订购电话	0532-82032573（传真）			
责任编辑	孙玉苗	**电　　话**	0532-85901040	
印　　制	青岛正商印刷有限公司			
版　　次	2019年11月第1版			
印　　次	2019年11月第1次印刷			
成品尺寸	140 mm × 203 mm			
印　　张	12.25			
字　　数	80千			
印　　数	1～1000			
定　　价	49.00元			

发现印装质量问题，请致电 18661627679，由印刷厂负责调换。

自 序
Preface

　　我在青春年华偶遇诗,那是在 20 世纪 80 年代后期,在江南一个部队的基层连队里,在我寂寞的业余时间里。没想到,从此我便与诗结下了不解之缘。

　　24 年前,我公开发表第一首诗时,曾梦想出版一本诗集,但当时怎么也没想到这本诗集要等到现在才能拿出来。

　　我现在必须拿出一本诗集来了!否则,我无法向那个梦想交代,无法回顾过去。读诗和写诗,伴随了我 30 多年,伴随了我无数个日日夜夜,伴着我的欢乐与忧愁,伴着我的顺利与挫折,陶冶过我,启迪过我,激励过我,鞭策过我。

　　这本诗集,选取了我过去 24 年间的部分作品,时间跨度较人,但以近年的为主。其中的早期作品,现在读来,仍不无意义。

　　这本诗集,像是我从参军至今的自传。这不仅指诗中包含的我的工作历程,也指诗中包含的我的心理历程。我的诗写的是自己工作、学习和生活中的所经、所见、所感、所思,所以真切,贴近实际。不过,在编排中,我没有按照写作的时间顺序进行,而是按照内容不严格但很严肃地分了四篇。

　　这本诗集,又像是我的第二个孩子。她包含着我的大量心血和期待。她的诞生，定会带给我很大的快乐和安慰。

"不祈多积，多文以为富。"这句话给了我很大影响，是我坚持写作的深层心理原因之一。

在人生的道路上，我将继续让诗伴随着我，就像我在《写诗的缘由》里写到的："将来某一天 / 当我老得即将离去时 / 我愿在回首的刹那里 / 看到身后一串深浅不一的脚印里 / 盛放的不只是我抓不住的时光 / 还有我散落的诗篇。"我愿就这样，让诗承载着我的情感，滋润着我的生活，栖息着我的灵魂。

万法好

2019 年 10 月

目 录
CONTENTS

第一篇　警营情怀

第二篇　人生感悟

第三篇　亲情爱情

第四篇　军旅风采

第一篇　警营情怀

无数次夜露

无数次汗珠

在脸上一一风干之后

喜看辖区的平安

把一份自豪揽入怀中

而不随风挥洒感慨

带着英雄的风采踏上新征程

剪一片春光披在身上

蓄一股勇气攥在手里

掬一缕英雄的风采放在心中……

然后　携起手来

踏上平安建设的新征程

让脚步走出执着

让双目充满热切

让身影流动着光和热

一腔激情

任风吹雨打

不曾旁落的

是肩上的责任

无数次夜露

无数次汗珠

在脸上一一风干之后

喜看辖区的平安

把一份自豪揽入怀中

而不随风挥洒感慨

夜 巡 民 警

把一句句叮嘱刻意交给了孩子
把一份份牵挂无意交给了爱人
回望又回望之后　挥挥手
转身披上了夜色
旋即消失在家人的视线里

所有的惦念都被封存
只把机警的目光散开
覆盖大街小巷　角角落落

就这样　脚步交给了路面
身影交给了夜色
期望交给了一方平安

当天边的光亮把黎明送来
当黎明把身上的夜色揭去
此时总是喜欢回望身后的一方祥和
然后把心中的一份踏实悄悄带走

安 检 民 警

看不出有战士上战场的勇猛

听不到有冲锋号角的鼓舞

却能随时应对硝烟弥漫

能随时应对明刀暗枪袭击

忠诚　附着在一个个仔细的动作中

激情　化解在文明礼貌的举止中

危险与隐患　被机警而果断地

留在了自己身边

平安　被演绎成

一张张脸庞上盛开着的灿烂

追　　逃[①]（一）

我已上路

没有来得及和家人当面说声再见

一个电话

就把思念留给了爱人

又一个电话

让老师告诉在校的孩子

今日放学后

不要向路口张望爸爸的身影

列车载着我的牵挂

载着我的任务

向远方狂奔

我的梦

---

① 追逃：公安工作中的简略用语，此处指追捕在逃的犯罪嫌疑人。

在车窗旁颠簸

我的执着

循着铁轨向前延伸

我的日子

在陌生的城市和乡村间漂泊

无心观赏异地的美景

无心领略他乡的风情

凯旋的期待把心层层包围

在每次凯旋里

不愿诉说

在我喜悦的面孔上

融化了多少晨霜

风干了多少汗珠

不愿诉说

在我兴奋的心头上

沉淀着千般滋味

堆积着万般感慨

追　逃（二）

千里奔波

奔波的是我的双腿
和我习以为常的日子

爱恨情仇在胸中激荡
艰辛劳顿伴我辗转

我如一只飞翔的风筝
责任是维系着我的线

身后的一双双目光
从千里之外传来
临行前的一句句叮嘱
始终在耳边回响

目标

扑朔迷离

有时让我想起儿时玩过的捉迷藏

不过今天的捉迷藏不是游戏

意志

在疲惫这块磨刀石上

日日磨砺

追逃

一路拖曳着梦想的光芒

守 卫 平 安 （组诗）

公安派出所民警

每日二十四小时不熄的灯光

把一方平安照亮

一个个忙碌的身影

进进出出　穿梭在时间行进的路上

战斗　一场场战斗

在没有冲锋号的各式各样的阵地上

随时展开

又随时收拢

有时伴有擒拿格斗

有时伴有智慧的火花

特别时也会有子弹的硝烟

预案　时常在实战中被修正

许许多多无法预料的情节

经常在面前呈现

体力和智力在巅峰状态燃烧

不喜欢把艰辛和疲惫向人诉说

不喜欢把追求和目标挂在嘴上

在加班　值班

又加班　又值班的无限循环里

把夜晚和白天混淆

把节假日和平日混淆

平安

从他们忙碌的流水线上

被源源不断地送向周边……

一名老警

星星点点的白发

把几份沧桑点缀在头上

一身藏蓝泛白的警服

把悠长的岁月披在身上

每个扣紧的纽扣

扣紧的其实是从警的信念与操守

心中　那一摞警营里的故事

没有压迫住轻快的脚步

处警　走访

身影依然轻盈如燕

工作日记写了一本又一本

在柜子中码得整整齐齐

垒积如小山

每页密密麻麻的文字中

凝固着心血与汗水

无意中送走了很多很多的日子

青春时的激情

入警时的誓言

长期以来的信念

都早已化作了日复一日的习惯

如今　剩下的工作年头已屈指可数

想再多几次处警　再多几次走访

想把每个日子都填满使命

想给一颗为警的心再填充些自豪与踏实

于是　依旧踏着年轻时的节奏

每次走访的路上

依旧把多年不变的追求

填满前瞻的双目

一名新警

如今　就是警院四年的梦想
肩上崭新的警衔
把当初那些朦胧的想象
变成清晰可见的现实
尽管一份青涩还挂在脸上

毕竟眼底充满了新的期盼
毕竟一身警服平添了几分成熟
看那处警时的勇敢与主动
听那说话时的坚定与自信——
如一片新绿
带给了春天

正是多梦的年龄
正处在多梦的时代
再繁重的警务
也挤退不了心中对未来的憧憬

脚步一天比一天踏实

身影一天比一天沉稳

面对大大小小的警情

心情渐渐不再跌宕

如几欲怒放的花蕾

在风雨中懂得自我把持

生命的灿烂

正随着每次朝阳的升起

渐渐绽放

流动警务室的民警

流动的是警务室

不流动的是信念

在熙熙攘攘的人群中

始终是一道亮丽的风景

这里　不仅有坚守的身影

也有日日把持的操守

和始终不渝的追求——

请看

周边洋溢着笑容的一张张面孔

和那些从容有序的行人

在聚精会神地巡视中

在专注地处警中

不知不觉间

一个接一个的日子

带着自己　从春走到冬

又从冬走到春……

在一次次深情的回首里

收获着自豪与坚定——

任岁月流逝

从警的荣光

在这里和警灯一起闪亮

守　卫
——写给隧道治安检查站的民警

肩并着肩

心连着心

用责任筑起一道防线

再用激情浇灌

万全准备延伸到人们的视线之外

交通指示灯在手中一次次举起执法的威严

它一次次划过的短促弧线

把安保的使命重复宣誓

醒目的发光背心

灿烂着隧道一端的出入口

一辆辆过往车辆通过织就的安检网

安全地驶向前方

你把危险留在了身边

而从不与人诉说

风霜在一张张脸上留下了厚重的印迹

安保的责任

丰满着一个个上岗的日子

处　警

对讲机的指令

牵动着我全身的神经

闪烁的警灯

是我急切的心情

单警装备

忠实地在腰间俯首听命

警情就是命令

它驱散了我满身的疲惫

现场就是方向

它调动起我身负的职责

速度就是生命

它警醒着我心中的使命

穿大街过小巷

左拐右转又左拐右转的路

在我心中是一条直线——

自己是起点　现场是终点

　　——不　处警结束

才是终点

督　察

把爱包裹　再用严肃的面孔遮盖

在你不经意的时候

风一般出现——

我不是萧瑟的秋风　总吹落满地的黄叶

我不是凛冽的寒风　总给人刺骨的疼痛

我是料峭的春风

温暖是我的内心　一丝寒意是我的外表

我是酷暑的微风

给你心清气爽　带走你的烦躁

我不是吹乱你头发的无聊的风

我不是吹皱你面庞的恼人的风

我是吹散你眼前雾霾的风

让你看清前面的路　校正脚步的方向

我是给你精神抖擞的风

提醒你从警路上多珍重　多珍重

许多个冬去春来
许多个寒来暑往
在你角色越来越重的日子里
在你颜色越来越浅的警服旁
我其实不只是风
我还是你心灵的共鸣——

不只看到你风霜的容颜
还在聆听你心底的呼唤

110 指挥中心（一）

终日不熄的灯光

是一座平安的灯塔

灯光把祥和洒向一方大地

悄无声息的电波

把爱恨情仇

和着一道道警情与指令

在空中传递

忙碌的身影

总是把夜晚过成白昼

外人看不见的搏杀

外人看不见的刀光剑影

在伏案者的脑海中展开

他们　把责任和智慧

与远处现场同事的忘我奋战

拧成一股绳

一起上演成一场场生死搏斗

警情的险恶与复杂

处警的艰辛与细心

常常掀起他们心情的潮水起起伏伏

那炯炯的目光

那搔首后的拍案

是对邪恶的一声断喝

是对善良的一腔深情

沸腾的热血　挥洒的激情

和着机器微弱的蜂鸣

激荡着大厅内亢奋的空气

每一个伏案者

都在专注中攥紧了拳头

每一个伏案者

都在脑海里的那一场场战斗中

弓着腰　向前

冲锋……

110 指挥中心（二）

大大小小的电子屏

像一块块磁铁

吸引着一道道目光

现代化的设备堆积在桌面

堆积在身前身后

这里像一条条壕沟

又像一个个掩体

这里连接着远处现场的刀光剑影

连接着远处现场的血腥搏斗

这里也在进行着一场场战斗

——那是爱与恨的迸发

那是智与勇的交织

那是一次次部署的迅速展开

那是屏幕前一颗颗心灵的淬火

那是一道道指令的瞬间诞生与发出

那是与远处现场同事的心灵共振

再深的深夜里

这里没有温馨的梦乡

再快乐的节日里

这里没有娱乐的心情

再漫长的日子里

这里没有寂寞与无聊

——心 一次次跟着变化的警情

悬起 落下

这里

有的是每日雷同的目光

有的是始终明亮的屏幕

有的是时常紧张的氛围

有的是忠诚的设备友好地陪伴

夜班110民警（一）

满载一车星辉

穿梭在城市的梦乡

守护着那些安详的梦

任自豪　填满自己的胸膛

掬一缕夜色

嗅一嗅祥和的味道

品味着自己工作成果的芬芳

把心中的踏实

融入朦胧的夜色

这一方天地

就是自己生命的舞台

那闪烁的霓虹

是舞台的色彩

错落的楼群

是舞台的背景

守护着善良人们的安宁

是自己生命的主题

闪烁的警灯

是自己的生命在风中磨砺出的火花

遇过的险恶

经过的曲折

都在黎明前交付给了夜色带走

惊心的记忆

和一夜的疲惫

被旭日的光芒覆盖

迎接新一天的是一脸的灿烂

日复一日

年复一年

已习惯　把自己的梦

绽放在没有谁留意的

那一帘洒满阳光的　厚厚的

窗帘之后

夜班 110 民警（二）

夜　在车窗外沉睡

睡得像地球停止了转动

星星　旁若无人地打量着人间

也许是被闪烁的警灯所吸引

路灯　忠诚地守候在路边

要顽强地坚持到天亮

车内　对讲机间歇地发出指令

我努力地睁大眼睛

不停地用眨动的眼睛驱赶来袭的疲倦

警灯的光芒

在大街小巷流动

圈画出一方平安的社区

红蓝辉映的光彩

装点着这个城市灿烂的梦境

哦　那闪烁的警灯
其实是我燃烧的激情
那警车曳动的
不只是我警惕的目光
还有我为警的追求

夜班 110 民警（三）

夜

张开黑洞洞的大口

把丑恶　误吞

我

驾着警车

满大街小巷　寻找着嫌疑

我　像只蛔虫

在夜的腹腔里　来回寻觅

寻觅要捕食的目标

星星　懂得我的忙碌

遥遥地　为我送来清静的光芒

路灯　也解我意

不忘送我一片微黄的光亮

它们　是我忠诚的伙伴

我们总是默契地约好

天亮后　一起散去

我和它们

相顾无言

自品一番滋味

第二篇　人生感悟

在初春

我又一次背上梦的行囊

我要用匆匆行色

装点我的前方

在　初　春

风吹乱了我的头发
但我没有停下迈开的脚步
寒意侵袭我的肌体
但我没有放弃拥抱梦想

我要再次出发
让心和脚步都出发
朝着遐思的方向
做一次新的远征

让阳光再强烈些吧
我不惧蒸发年华
只要化作彩虹中的一线光芒
我会庆幸自己的生命焕发光泽
即使化作白云一抹
轻轻飘过苍穹

也算是我的生命得以升华

在初春

我不只是眺望

在初春

我又一次背上梦的行囊

我要用匆匆行色

装点我的前方

找几行诗栖息自己的灵魂

我一次又一次握紧命运的缆索

一次又一次攀登生活的崖壁

走过一程又一程

在每次回首里

我常常庆幸的

不是身后被丈量的路程

而是我的灵魂还在

在几行诗里

安静地栖息着

世事苍茫如海

人间千姿百态

命运时而宽厚

时而吝啬

我总是不忘携带着灵魂上路

虽曾奢望生命熠熠生辉

栖于诗行

但更多时候在追求内心踏实

何惧沧海桑田

何惧岁月流逝

何惧烦恼来袭

栖息灵魂的诗行

在心中筑起抵挡侵扰的城墙

中　年 (一)

曾经迎风挥洒的诺言

被日子一次次地戏弄

岁月流放了我的豪迈

时光沉淀下我的情感

面对袭来的阵阵失落的惶恐

百般沉思中我再触摸心跳

远方还有隐约的风景

眼底还蓄着渴望

我突然间发现

当年被风吹散的青春的碎片

都散落在心底

我无意重拾

每个清晨迎着朝阳迈开脚步时

我时常想起走过的路

每个深夜灯下凝思时

我时常想起曾经刻骨铭心的追问

日子还长

却长不过思绪

路也还长

却长不过目光

我抬头深情一览

目光又覆盖了许多轮春夏秋冬

中　年（二）

是一头睡醒的雄狮

举目遥望着远方的目标

始终是一幅冲锋的架势

是一位身经百战的战士

在生活的篝火中冶炼出一颗沉着的心

信心百倍地盯着人生的路线图

是深秋的一潭碧水

平静　淡定

沉淀了激情

宽阔的胸膛有蓝天的倒影

是有喜无笑　有痛无泪

是举重若轻

是无法猜透的迷

是中午的阳光直射大地

把最耀眼的光芒呈现给世间

一 点 感 悟

——写在某年年初

拂去时光落在心头的尘埃

拨开往事在脑海的缠绕

每个黎明我先把目光投向东方的晨曦

总能从那里获得莫名的启迪

看岁月悠悠眼前走过

享心静如水梦想如虹

在奔波中领略四季风光

在字里行间细品世间百味

春水的欢欣

夏风的惬意

秋空的高远

冬阳的温情

都在我心中一一驻足

留下抹不去的踪迹

风儿悄悄揉皱我的脸庞

路途渐渐劳损我的腿脚

我希冀的目光依旧

兴奋地迎接每一个崭新的日子

不再打探明天是有风还是有雨

风有风情

雨有诗意

无风无雨是画境

立于天地间

——写在某年立春日

风微　但寒意未减

悄悄扯起我的思绪向天边私奔

天空　苍茫而厚重

吸纳着我投去的每一缕目光

我听到了春天隐约的脚步声

它从大地深处传来

季节　就这样一次又一次地

裹挟着我　向前一程又一程

我不忘匆忙中把几首拙诗

留在路边

只为某个暮色深沉中的回首里

能循着它看到自己曾经的脚印

千古人生

有多少人被世间某些风情所蒙蔽

有多少人被人间某些光景所迷惑

有多少人苦苦思索　为读懂天地

我惯以悠长沉思

追问每个擦身而过的日子

任风吹雨打　沧桑我的容颜

任岁月悠悠　我依然翘首

独自看海

遥望苍茫海面

任思绪肆意驰骋

看海鸥嬉戏

荡漾起我心中一层快乐的涟漪

尝海风微腥

想起生活百味

轮船汽笛一声昂扬的长鸣

把我从内心一下拉到广阔的天地间

太多太多想说的话

被海风一一吹散

大海的怀抱

接纳了我所有希冀的目光

在这样一个初春的午后

我畅想着一年的光景

和前世今生

阳光洒在身上

送给我温暖和尊严

大自然的爱抚

令我心动

蓝色的海面

在阳光下熠熠生辉

曾有过的咆哮和狰狞面目

都已深藏

大海此刻温驯的乖脾气

如同谁家喂养的一只猫

我久久站立

久久眺望

掬一缕羞涩的春光放在心中

走向岛城的春天

脚步很是迟缓

在我一次次的搜寻里

终于看到了零星的迎春花

小心翼翼地露出了金黄的小小脸儿

在初暖乍寒的季节

风是最让人捉摸不定的使者

忽暖忽寒地变换着面孔

似在诉说春天一路跋涉的艰辛

我在蓝天白云下

畅想着这一轮季节里的故事

我迫不及待地掬起一缕羞涩的春光

放在自己心中

让那些被压抑一冬的心事

早早萌发

我要走在时光的前面

我甚至在想绚烂的夏和金色的秋

在想下一个又下一个春光满天

生活给我太多诱惑

岁月给我太多期待

我走在时光的大道上

心　　总是快于脚步

飘来又飘去的记忆
——想起一位昔日的同学

生活的洪流

把你我冲到不同的岸边

或许你已想不起

当初我们送走的日子

我也只是偶然间想起

那时青涩的你和我

命运有时太无情

撕碎了我好多憧憬还若无其事

人生有时太难测

如今我们天各一方而不相知

时间有时太贪婪

带走了我好多努力而未留下结果

思念有时太捉弄我

来去随便而不打招呼

我不知该如何面对记忆

是时常擦亮

还是让岁月尘封

我只是在偶尔独处的闲暇里

被它不经意地造访

或许无须刻意做什么

就这样让某些记忆无拘无束地飘来

再任它随意地飘去

才能从中咀嚼出人生本来的况味

善　良

不是火焰

却胜过火焰

它能驱除人间所有寒冷

温暖每一颗心灵

不是春风

却胜过春风

它能催生世间所有美丽

扮靓四季

不是花朵

却胜过花朵

它能装点所有人生

即使卑微　也会赏心悦目

不是成功

却胜过成功

它能使人显出尊贵

一旦失去　所有的人和事都是龌龊

不是语言

却胜过语言

它能与所有人沟通　而不需翻译

一点　胜过千言

【后记】近来，我一直在思考一个词——善良。太多太多想说的话浓缩成了这首诗。可是，当写完这首诗时，似乎还有千言万语没有说出来。

生活的追问

日子深处

是谁贪婪的眼神

是谁患得患失的忧虑

诸多诱惑

像一枚枚磁铁

吸附着谁的心

谁时常忽视身边微风的爱抚

谁无暇品味阳光的温馨

生活的路

把谁一步步引向欲望的丛林

谁在偶尔一次的抬头里

才发现

原来自身已陷得太深

在一条通往生活深处的路上

越走越远

越远越看不到天空的模样

还有谁

身处生活的井底而浑然不觉

生活的画卷中

有多少看似熟悉

而实际又陌生的身影

生活啊

我该怎样贴切地嵌入

又该怎样自如地跳出

人 到 中 年

在我行色匆匆装点的中年里
是对命运一次又一次地追问
是对生命一遍又一遍地着色

生活　是手中的泥巴
我把它反复揉搓
只为它能有我称心如意的模样

时光　一意孤行
不辞而别的脾性越发明显
只把项背留给我茶余饭后翘首

视线　掠过人间万象
总是汇聚在天际
心中时常有白云载着往事飘过

让心灵每日都开始新的旅行

当每日黎明的晨曦点亮我的双眸

当每日清晨的空气荡涤我的肺腑

我让心灵踏上一段新的征程

开始一日新的旅行

拨开那些困顿

屏蔽那些袭扰

心灵在希冀的大道上

向着彩虹似的目标

做最惬意的跋涉

我让脚步紧随心灵

迈得开　迈得稳

迈得快

我扣紧心跳的脉搏

拿捏着节奏

我聆听心跳的声音

侧耳内心的呼唤

我用诗行

描绘心灵的足迹

心灵的驰骋

用一路的赏心悦目

不断牵引脚步

用内心的震颤

击打袭来的麻木

用舒展洒脱的快感

疗伤祛痛

春 天 里 （一）

敞开心胸可以揽入春风温柔的情怀

伸出双手可以撷取枝条盎然的生机

俯下身子可以捡拾春雨洒落满地的温润

——在春天的怀抱里

我多想尽情地打个滚啊

周遭都有大自然美丽使者的簇拥

天地把一大堆珍品

摆到春天的桌面上

饕餮的我　围着桌边

转来转去

不料　时光在身后轻敲我的肩膀

提醒我——

在季节的车轮上

眼前的一切光景都会转过

车轮下碾碎的

往往是不小心滑落的梦

突然间我审视自己

决心让自己呆板的思维

僵化的动作

走神的思绪

都化作这个春天的飞絮

远远飘去

春 天 里（二）

窗外树杈间嫩黄的芽儿

点亮了我的目光

拉长了我的思绪

柔和的风儿

如优雅的佳人

从敞开的窗户轻盈步入

我分明感到了又一轮时光的开始

不由地把目光送出窗外　送向远方

当时光的车轮载我来到这个春天

当中年的脚步在一个中午停歇下来

思绪　禁不住地填满了心间

很多的往事让我反刍

很多的情愫萦绕心头

很多的梦想再次苏醒

很多的话儿欲说还休

——在这个春天

我的思绪比路边的草芽萌发得更多更快

曾经千百次地追问命运

曾经哭而无泪哭而无声地期待

曾经抛却杂念奋不顾身

曾经咽下泪水堆出笑脸……

都化作了我无语的思索

与清新的风儿默默相处

在这个生机无限的春天

我怎能掩抑住内心的种种萌动

让春风吹吧　使劲地吹吧

让万物萌发吧　快速地萌发吧

我以沉思拥抱这个春天　这个世界

我要和这个春天搭载同一列时光快车

不去想要不要春雷的助威

在 四 月

飘舞的飞絮

把春天的妩媚张扬在四月

暖暖的阳光

融化了人们或喜或愁的目光

由黄变绿的树梢

挂着得意的神情

——春天

把天地揽入了怀抱

葱绿点燃了大地的激情

芬芳让人们再添梦想

行走在天地间

我把持不住脱缰的思绪

只能触摸怦怦跳动着的心

天边越来越清晰

越来越亲切

我的脚步越来越轻快

越来越急促

在这个春天里

我愿化作一只鸟

从每个黎明开始

不知疲倦地寻找快乐

——不只用自己的声音

为春天唱一支支赞歌

更要用自己的每次起飞

带着春天一路前行

走 在 深 秋

风中飘飞的黄叶

舞动着秋天离去前的眷恋

午后的阳光

把这个季节镀上了金色

脚下枯叶的破碎声

声声撞击着我的心房

时光如贼

偷去了那些青葱的日子

和我漂浮的心情

留一地的沉静

托举着我清朗的脚步

走在深秋

我常凝眉每个午后

心中常有往事如云飘过

那些翘首

那些挥汗

那些难眠……

都化作了斑斑点点

附着在生命的底色上

走在深秋

思绪如网

兜起了生命的积淀

又如飞驰的箭

穿透前方许多季节模糊的屏障

把我的魂魄牵引又牵引……

哦

我要融化在这个季节里了

某 个 深 冬

雪花又飘过

把冬天带到了深处

凛冽的寒风

把大地一遍一遍地吹拂

大街上

行人把自己一层一层地包裹

只留匆匆的脚步叩击着沉静的大地

偶有几只麻雀在路边觅食

它们灵巧地蹦跳和翻飞

搅动着大地绷紧的面孔

——冬天

因此不再是一幅水墨画

不知从哪一天起

我喜欢上了这个深冬

我喜欢台灯下一本摊开的书　把我

带至夜的深处

我喜欢在夜的深处　放飞

心灵

和　咀嚼人生

何需等待春天的脚步声

在冬的怀抱里

我的万千思绪已萌生　疯长

已把每寸光阴缠绕

路 过 人 间

多少次春风秋雨软磨硬泡我的意志

多少次夏雹冬雪企图阻挡我的脚步

我还是来到了中年的一个冬天

往事如云

随时光飘散　转为脑海中的一抹记忆

唯有一次次升起的朝阳

总是热情地伴着我有时轻松有时郁闷的心情

不知人间过了多少年

不知人间还有多少年

流连的我其实只是个过客

想要抓住点什么

但我深知　最终会是两手空空地

向人间无语而别

不如朝天一声笑

掬一缕阳光放在心头

从此不再管天气阴与晴

不再管人间冷与暖

该走则走　该停则停

走走停停中抹下一把把汗水和泪水

滋润心中的梦

那 些 日 子

那些日子

带走了我苦苦的思索

留给了我执着的目光

目光

如出鞘的剑

指向了我前进的方向

那些日子

带走了我苦涩的汗水和泪水

留给了我厚重的记忆

记忆

如天边堆积的云朵

让我在回望中更坚定了脚步

那些日子

带走了我青涩的面孔

留给了我埋首灯下的习惯

习惯

如前世的约定

让我夜夜饶有兴趣地凝坐

那些日子

带走了我年轻的痴狂

留给了我许多沉静

沉静

如一坛陈年的酒

让我在细品中执着地前行

早春的呢喃

爱我　趁柳絮未飘

花期未到

看看我稚嫩的面孔

那梢头的嫩黄

是我面世的羞涩

爱我　趁田野醒来

泥土气息升起

猜猜我深蕴的心事

那泛绿的草坪

是我涌动的肌肤

爱我　趁风儿俊俏

雀儿未闹

听听我的脚步声

那轻盈的风姿

是我兴奋地舞蹈

爱我　趁清晨到来
第一场细雨飘过
深耕细播下您的梦
那不远的秋天
是我对您的承诺

人 生 路 上

色彩纷呈

装点了谁的生活

迷乱了谁的视线

身影匆匆

成就了谁的梦想

裂开了谁的欲壑

善良如暖阳

宽柔似怀抱

温馨了谁的情感

薄情如枪尖

假话似长剑

刺破了谁的心

看惯烟尘

谁还心静如水

读罢炎凉

谁还情燃似炬

有行者

深一脚浅一脚

把寂寞饮尽

把孤单揣起

偶然的回望中发现

一串坚定的脚印里

蓄满了每个日子的光芒

世　间

烟尘散去

烟尘又起

忙忙碌碌

是谁的脚步

孜孜以求

是谁的目光

世间多少事

随风散去不再来

世间多少事

随风散去复到来

攫取了多少时光

消耗了多少人生

谁把梦想握在手心

从此一段丰满人生

谁把梦想丢在途中

不觉间随时光漂流

多么想问个明白——

如何时常聆听内心的呼唤

如何早早揭开命运的面纱

一 点 思 考

深夜　我有时被几件事搅醒

它们轮番上阵

趁无人看见　趁我不备

刺我的神经

我疼痛难忍　不得不睁开眼

而夜色　一副若无其事的样子

原来薄情似枪

假话如剑

被刺破的心随时会流血

那些灰暗渺小的算计

禁不住智慧阳光的照耀

百年人生

耐得住几番如此折腾

何不敞开胸怀

把蓝天的清澈揽入

把大地的厚重揽入

把阳光的热情揽入

呈献给世间一束亮丽的

人性的光芒

诗　缘

曾经恐惧梦想荒芜

于是我播下诗的种子

待它发芽

曾经恐惧日子无痕如风

于是我用诗来记录

留作回忆

曾经恐惧生活平淡如水

于是我把诗作为调料

溶解其中

许多个日子从身边走过后

我发现——

诗　它飘逸的气息

鼓胀着我的每条血脉

它漫无边际的光晕

让我找不到逃脱的出口

它无声无息步步为营

不知不觉间侵入了我的心扉

从此　时光如酒

风声如歌

雨是天的恩泽　雪是地的妆粉

每一缕阳光都含情脉脉

每一抹晨雾暮霭都是天地的缠绵

每一轮春夏秋冬都是对生命的恩赐

青山无语待我梦

——二十五年后的今夏再游崂山有感

青山待我　以不变的青春的样子

而我　抚去心头几丝疲惫

却难掩脸上一抹初现的沧桑

二十五年后的今夏再游崂山

我想起当年的懵懂与轻狂

却不再有那般轻捷的步履

来世上一遭

我如山中蓬蒿

面对世间风雨

当以拥抱的姿势

尽收于怀

取其润泽

抖落尘埃　藏起伤痛

然后以轻盈的步伐

无怨无悔地跨过每个或晴或阴的日子

岁月情深

天地恩重

人间的灵光启迪我追逐梦想

而常常忽略时光从身边匆匆掠过

如今故地重游

我记不清哪条山间溪流是当年赤脚蹚过

但立于山巅的极目远眺

和眼中噙满的憧憬与执着

还是当年的模样

秋 风 又 起

秋风又起

吹散了夏天

我分明看到了季节的转身

和刚过去的时光的背影

走在秋风里

我和秋天平静的面孔相遇

我读着阳光下它脸上微露的笑意

和笑意中的镇定

它淡定而执拗的步伐

吸引我从烦琐的事务中脱身片刻

静静欣赏它干练的身影

秋风浩荡

在天地间尽情地飘舞

它梳理着万物

自信而不张扬

它抚弄着我的肌肤

柔和而不轻佻

它浸润到我的每个毛孔中

令我神清气爽而无寒意

秋风

这大自然的使者

理顺了季节的更迭

理清了前行者的思绪

拉长了翘首者的目光

息息相通于一个中年人的沉思

新 年 随 想 (一)

时光不断地冲刷我的心灵

岁月中渐渐沉淀下我的情感

从前那些漂浮着的心情

不知被哪一轮的四季风

吹得无影无踪

抬头看一眼苍天

低头看看脚下的路

我卑微的身影

在街角巷尾无声地出现

又无声地消失

稀疏的头发

掩不住那些日子掠过我头顶的足迹

生活是我口里的泡泡糖

我总想吐出个美丽的大泡泡

却时常忽略咀嚼时的滋味

新一轮光阴

已经近距离地映照着我半开半闭的心扉

我的心没有骚动

只有一股暗流慢慢涌上心头

它让我把夜晚过成白天

从这个黎明盼着下一个黎明

新 年 随 想 （二）

窗外光秃秃的树枝

在北风中不停地招手

它的执意坚守

戳刺着我的视线

它的孤傲身影

牵动着我的思绪

冬天

是大手术师

削去了大自然的繁华

把天地间的筋骨留下

冬天

是大艺术家

删去了重彩的渲染

把大地简约成供人静赏的水墨画

其实时间也是艺术家

它把我的中年简约又简约

徒留一个带着光泽的梦

常在夜晚不经意间造访

当时光把我推至新年的门槛前

我还是禁不住回首

——似有所失

似有所得

似有所托

恼人的岁月啊

兴衰了世间多少景象

我在庆幸

心中一簇火

不顾季节变换的冷冷热热

从我的青春年少　到中年的这个冬日

一直在燃烧着激情

且愈发炽热

早 春 里

被冻僵的泥土

开始活动筋骨

松软而有些亮泽

满身沧桑的梧桐树上

细小的枝条鲜亮起来

几只不知名的鸟

在细雨中迅速地掠过我的头顶

三两声挑逗性的鸣叫声

激起我心中一波涟漪

我那些蜷缩了一冬的梦啊

争先恐后地跑在我面前

拉着我　向前奔

不知身边的景色是否与我同行

不知自己的身影是否划下了一道彩虹

也不想等待第一声春雷来发令

我已经和春光一起赛跑在时间的轨道上

——中年的我

总是这样被牵引着

急切地向前赶路

或许是因忘不掉

当年的青春在一不留神中

便从迷茫的眼前飘过

蝉　鸣

窗外聒噪的蝉鸣

无意拨弄我情感的琴弦

而我时常陷入蝉鸣的漩涡中

静坐在夏日的中午

在声声蝉鸣的洪流中

我收不拢脱缰的思绪

面前一本摊开的书

时常以一两个敏感的词语

带我沿着有关蝉鸣的记忆的归途

把我送回过往岁月的深处

大摞大摞的日子

堆积在心底

但我还是能直截了当地找到

那个高考失利的夏天

和不懂我忧伤的令我更加愁闷的蝉鸣

蝉鸣　曾一度让我惊悸

也曾一度让我得意时倍感气爽

千年万年不变的蝉鸣

优哉乐哉的蝉鸣

其实更像一块纯净无邪的明镜

映照着人间那些患得患失的烦恼

秋 风 里

阵阵秋风

抚弄我安静的思绪

回首间我发现

时光把又一个春夏抛在了我身后

把一份沉思和一份恍惚摆在了我面前

曾经迎风挥洒的满怀豪情

被一夏又一夏的狂风暴雨荡涤后

而今大多化作了恬静的自持

如一池秋水

静躺在心底

任秋风拂过

仅几波皱褶微凸

旋即平整如镜

秋风里

我爱把平静的目光

长时间地送往天际

让它不知不觉间融入蓝天白云中

任那些蝼蚁般忙碌的日子

——从脑海中掠过

只把一份沉淀下来的厚重的人生况味

默默收藏于心间

秋风

微微的秋风

淡淡的秋风

轻轻的秋风

悄悄的秋风

似在诉说着什么　又似什么也没说

似有情有意　又似无情无意

整个天地间——

卑微如路边一颗褪去墨绿色的小草

庄重如轮廓越来越清晰的远山

高远如越飞越高的鸟儿

无奈如渐黄的树叶

复杂如路人匆匆的行色和表情各异的面孔……

都因此值得静静细品

中　午

中午如酒

那是捧着诗集的阅读

中午如茶

那是静观风景时的遐思

中午如果汁

那是促膝相谈时心与心的交流

中午如水

那是悠闲的散步

中午如药

那是一段安睡

中午如风

那是没做成什么事

灯 下 (一)

无边的夜幕把白天的喧嚣驱散

一盏小小的台灯把我的眼睛照亮

晕黄的灯光下

翻动的书页夹不住一寸光阴

无数个夜晚从我身边溜走

多少次追问刻薄的命运

多少次咀嚼五味杂陈的世味

总有江海在心中翻腾

总有云烟在心中掠过

灯下

一小圈的光晕里

堆积着我的心事

在一次次凝眉里

我把未来严肃地打量

灯　下 （二）

一张张鲜活的面孔

说着个性化的语言

从灯下的书页中走来

无须前世相识

今夜灯下的相见

足以让我爱慕

在灯下

在我的凝思中

我真切地看到了一些

比在白天看到的　更广阔的

时空

没有什么　比这种心与心的交流

更惬意的

没有什么　比这种真诚平和的对话

更心旷神怡的

灯下

心灵之约

灯　下 (三)

梦想

从灯下的书页中起飞

穿越眼前的平淡

穿越深邃的夜空

降落在一个阳光灿烂的时节

那里有我劳作后的丰硕成果

那里有我的喜悦笑容

——这个年少时的梦想

和不变的坐姿

如今　还在灯下

目光

未随容颜而衰

灯　下（四）

一盏台灯

在面前照着我

深夜里

我心里依旧明亮

一行行文字

从眼帘跳入

落在我心中平静的湖面上

如一粒粒石子

击打出湖面的阵阵涟漪

就这样静坐桌前

与夜色隔窗对峙

它玩它的神秘

我玩我的沉思

人间有味

是深夜独自咀嚼文字

人生有趣

是从白纸黑字间看山水风云

生命有幸

是从书页间感知人间冷暖

写在某年的最后几天（组诗）

我心无尘

清晨开始的一场小雨　和着雾霾

增加了今年最后几天的凝重

行走在湿滑的路面上

我小心翼翼地迈着脚步

那些匆匆的行色

莫非是急着赶往新年

今晨　我没有撑伞

任雨点随意地打在脸上

每一滴都是那样清爽　给我带来快意

它的微冷　在我的脸上

瞬间变得亲切

我甚至想　在这雨中

静立一会儿

我想亲吻今年最后几天的面庞

我想咀嚼新年到来前

心中那份莫名的憧憬

一年又一年

那些春风秋雨

无意中沧桑了我的容颜

一年又一年

我庆幸自己一颗鲜活亮泽的心

至今没有落上时光的尘埃

优美的跫音

连日来的雾霾　恋恋不舍地亲吻着大地

最近三天来

它一直肆无忌惮地纠缠着人间

天空　被它压低

大地　被它模糊

走在路上的我卑微的身影

更显渺小

然而我的脚步依旧清朗

我知道

尽管今年还剩最后几天

尽管有雾霾的侵袭

我的身躯绝不能蜷于时间的一隅

我所想到的

就是不断迈开自己的脚步

雾霾

它阻挡了人们的视线

却迷茫不了那些执着的双眸

大街上　总有行人匆匆走过

在这样的天气里

我乐于静听那些此起彼伏的跫音

是它们　在天地间

优美地回荡着

憧憬

昨夜的梦已经模糊

窗外透进来的一束阳光

把这个星期六的早晨打扮得格外温馨静谧

尽管远处的雾霾

还不知趣地缠绕在楼顶

但毕竟已不是前几日的猖狂

坐在桌前　看着窗外

在无休止的车流噪音中

我似乎听到了新年径直走来的脚步声

这脚步声

是那样清脆　利索

优美

我心中顿时增添了一份兴奋

伏案的臂膊似乎突然有了力量

——毕竟啊

充满憧憬的心灵从未干瘪

看看案头摆放的一摞书

我开始盘算着

它将给我的新年带来怎样的喜悦和惊奇

它将给我的生命带来怎样的光泽

一份忧虑

早晨醒来　我习惯性地掀开窗帘一角远眺

一缕晨光和一份喜悦一起迎面而来

昨日的雾霾　已全线溃退

不见踪影

一碧如洗又返回天空

干净的阳光亲切地洒向大地

车流依旧

大街上的行人摘掉了口罩

用整个面部迎接朝阳　迎接新的一天

这样的早晨

让人期待了数日

我迫不及待地打开窗户

把它接进室内

很快　室内被清新填满

渐渐地　我心头有一抹忧虑开始浮上来——

在这样的天气里

我担心有些人忘却了前几日大街上

一幅幅口罩上方圆睁的双眸中

满溢着的焦虑

我担心有些人一股脑儿地争论

雾霾的溃退到底是因抵不住阳光的进攻

还是慑于风的威力

树梢的枯叶

窗外的树梢上

立着几片黑褐色的树叶

平时我习惯性地远眺

目光总是越过它

落在远山　天空　和鳞次栉比的楼顶

今日中午　无意中

我的目光落在了这几片树叶上

我这才发现　在这个冬天里

原来它们一直寂寞而孤傲地

立在寒风中　雾霾中

我不知它们在等什么

是春风的爱抚?

是春雨的滋润?

可是这些　与它们又何关

抑或它们只是本性使然

无关乎期待什么

无关乎被注目与否

又一股寒风吹来

它们打了几个趔趄

然后又倔强地立在那里

雪

没有人忘记你的美丽与纯洁

而我独念　你轻盈的身姿

也能攻城略地

远　山

没有雾霾纠缠的远山

在朝阳下精神抖擞

虽是深冬　没有了盎然的墨绿

但清瘦中仍不失一份庄重

它时常吸引着我的目光

牵引着我的思绪

令我时常远眺

远山静默

它陪伴着这座城市

迎来一个又一个早晨

送走一轮又一轮春秋

它俯瞰着忙碌的人们

俯瞰着如水的车流

人间多少喜怒哀乐　恩恩怨怨

全在它眼底

一次又一次地万物萌发

一次又一次地重新孕育

是它生命的一个又一个年轮

它在静默中休养生息

它在静默中诠释一种生命状态

远山不语

却藏千言

不管世人懂与不懂

夜　读

我的心灵

总在夜晚独处时饥饿

我用嚼烂的文字喂它

我 与 诗 (一)

我认输了

我是你的死心塌地的俘虏

你用一根找看不见的绳子

拴住我的心　牵着我走

我不再想挣脱

我不再抗拒什么

就此　我心服口服

跟着你　浏览大千世界

品味人间滋味　看尽世间万象

你把我心中的激情点燃

从青春年少　直到中年

在我已初现沧桑的脸上

总是挂着一份平静的执着

我在想偷懒的某个瞬间

会想起积累在心中的那些未圆的梦

和未能兑现的诺言

是的　我不能过多地歇息

我正走在一条上坡的路上

总感头顶的太阳正浓烈　正无限多情

我只需每一步踏实

而不必考虑是否会有身影留下

我 与 诗（二）

翻开诗集的日子

空气总是那样温馨

心中总有白云飘过

心情如蓝天般高远　　清澈

在我埋首的时候

岁月偷走了我的大量时光

却偷不走我心中燃烧着的激情

在诗的海洋里畅游

我的心灵被一次次漂洗

那些卑琐的心态

那些油腻的欲望

都被冲刷远去

我享受着心地纯净的惬意

我享受着心地简单的轻松

其实　人生

不需要太多行李

不需要华丽行头

最好简单如一首诗——

大气磅礴也好

清新婉约也好

激情似火也好

深沉如海也好

从容如溪也好……

想 起 自 己

有一种痛

在心底

突然在一个夜晚涌上心头

——那是我未能实现的诺言

如被忘却的伤口

不慎被刺戳

有一种情

在心底

始终没有散去

——那是我保持的对梦想的执着

如天空经过再多的风雨交加

之后还是会显现出自己本来的辽阔

有一首歌

在心底

从来没有唱出

——那是我不想说出的感慨

如大海深处的涌流

何需人懂

我是海边的一块礁石

我是海边的一块礁石

经受过无数次的风吹浪打

经受过无数次的日晒雨淋

看惯了风起云涌

看惯了世事沧桑

如今静立一隅

天际仍然承载着我的遐想

风和日丽仍然是我的期盼

纵使海浪咆哮

纵使风雨交加

纵使被人漠视

我没有放弃远望

没有抱怨眼前

没有自弃未来

一颗平常心比身骨更坚强

笑迎一个个崭新的日子

大海的美丽

有我的装饰

怕 (一)

我有时怕　怕在日子里
陷得太深
怕回首时
居然找不到来时的路

我有时怕　怕在时光里
灵魂被冲刷得苍白
怕从此以后
不再有感动的泪水

我有时怕　怕在人群里
随波逐流
怕有一天
不再留意脚下的路延伸向何方

我有时怕　怕在夜晚

不再有梦想

怕活着只是活着

忘却了当初的诺言

怕（二）

我有时怕

怕物欲的横流

把内心的平静冲刷殆尽

怕从此淹没在物欲的漩涡里

随波逐流

而背弃了当初选定的目标

我有时怕

怕在一次次的诱惑面前

突然一次伸出了手　迈出了脚

怕一不留神偏离了既定的方向

误入了歧途

而忘却了那些诚恳的告诫

我有时怕

怕梦想在一次碰壁中跌落

从此内心空虚　两眼迷茫

怕活着如行尸走肉

不再有理想光芒的照耀

而演绎一段黯淡人生

活　着

活着
应如一段行程
未必一路风光
但必须每一步踏实

活着
应如一首歌
未必唱在嘴上
但必须响在心里

活着
应如一首诗
未必写在纸上
但必须呈现在行动上

活着

应如一坛酒

未必让人品出

但必须有自己内在的陈香

写诗的缘由

其实无关乎风花雪月

只是人间的爱恨情仇

撩拨着我的心弦

让我难以把持

我不得不把压抑不住的情感

宣泄出来

宣泄在字里行间

将来某一天

当我老得即将离去时

我愿在回首的刹那里

看到身后一串深浅不一的脚印里

盛放的不只是我抓不住的时光

还有我散落的诗篇

然后　我能满足地转过头去

平静地离去

像一片黄叶悄然落地

之后

融入泥土

也无妨灵魂找到归宿

走　过

伤感走过

留下沉静的我把希冀积聚

夜晚走过

留下清醒的我在黎明思索

日子走过

留下平静的我守着内心的踏实

四季走过

留下淡定的我拭去风花雪月的浮华

待我走过

将留下一些自以为是的诗篇寂寞地存在

我要趁尚未走过

像一片茶叶一样

在生活这锅温水里

快活地舒展筋骨

飘逸芬芳

而不等饮尽人散时

才发觉自己未入过温水

我 的 中 年

迎面走来的日子

像一张张书页

把我的生活翻过又翻过

那些难忘的往事

是夹在书缝里的书签

然而

有些东西是翻不过去的

始终漂浮在面前

缠绕着我的视线

——有痛楚

更有期盼

就这样

我在每个日子里消耗着生命资源

一点点变老

栖于诗行

如今
静读一树金黄　默看黄叶飘落
不再有长吁短叹
总是想着还有几件事情要做

喜欢踩着落叶独自前行

喜欢踩着落叶独自前行

这样　我才能在钢筋水泥的城里

找到秋天的踪影

才能暂时逃离生活的漩涡

想一回自己

喜欢品味一路的孤寂

喜欢孤寂中的沉思

喜欢沉思中触摸自己的灵魂

喜欢踩着落叶独自前行

在一个秋风拂面的傍晚

在回家的路上

和一棵树对视

深秋的午后

我和路边一棵梧桐树对视

我看到了秋天金黄的容颜

我想到了那些个狂风暴雨里

它的枝干是如何顶着肆虐

想到了当初幼小的它

是一副怎样卑微的模样

深秋的午后

我喜欢和路边一棵梧桐树对视

对视　对视

我脑子里突然浮现的

不再是树

而是一个人的中年

三 月 的 风

三月的风

吹在脸上

如谁的手掌轻轻地抚过

风寒中带着体温

三月的风

钻进衣领

亲切又调皮

欲挡不忍

欲纳又止

三月的风

吹在身上

痒在心里

一冬的心事

个个探头张望

跃跃欲试

一起拨弄着我的心弦

春天哟

我如何才能按捺骚动的心

树·四季（组诗）

树·春天

一冬的梦想

在枝头

小心翼翼地

探出几个嫩黄的小脑袋

一番的试探与张望

之后啊　才渐渐大胆地

叶满枝丫

生长的欲望

被冬天冰封了很久

终于有了春天的解救

再也耐不住那份压抑了

以后的狂风暴雨不足惧

无论如何

也期待一段夏日的绚烂

树·夏天

没有谁不喜欢我荫下的清凉

我则喜欢着人们对我的喜欢

因此啊

再毒的烈日我也要把它扛在肩上

不想告诉谁我被烈日煎熬的滋味

不想告诉谁我被狂风暴雨摧残的伤痛

所有的辛酸啊

我都将它和着怒放的快乐

一起咽下

树·秋天

渐渐地　　渐渐地

我的叶片被秋风全部带走

我知道　最后剩下的
将是我孤单寂寞的坚守
凉爽的风中
有人在为我慨叹
更有酸腐的诗人为我伤悲

其实啊
找心里踏实
我曾经激情地绽放
曾经亭亭如盖
我在肃静的空气中
有温暖的回忆

树·冬天

在朔风中
在霜雪中
我坚强地伫立

有人可怜我
有人赞美我
有人无视我

我依旧淡定地伫立

有人修剪我
有人爱护我
有人虐待我
我依旧坚定地伫立

因为
我已看到
春天就在不远的前方

心中有首歌

心中有首歌

不想唱给谁听

只在夜半难眠

独自轻轻哼起

那些艰辛

何需人懂

干脆把它和着风雨

酿成调料

然后放在生活的餐桌

就着它　品尝人生的深层风味

受挫的心情

何需人暖

索性把它冰冻

封存在心底最深的角落

待到达梦想的峰巅

回首时　再反刍那份坚韧

品味生命悠长的醇香

天地有灵性

四季有轮回

心田总会再逢春

不妨把心中的歌

独自轻轻哼起

我从春天赶来

我从春天赶来

怀揣着急切的心事

和鼓足的勇气

一路匆匆忙忙

一路跌跌撞撞

夏雨肆虐

未能阻止我星夜兼程

烈日暴晒

我干脆把汗水当作甘露

狂风粗暴

不过在我脸上留下一层印迹

我从春天赶来

终于闯入瓜熟蒂落的秋天

我热切地寻找

寻找我春天小心翼翼种下的

那些个小小梦想

看它们是否长成了我期望的模样

据说

我也有过温暖的阳春

身边还有过鸟语花香

我 (一)

深夜　难眠

一本发黄的诗集

展开在手中

诗集中

有我圈划的诗句

有我写下的三言两语的体会

——我的青春啊

当年就这样定格在一本书中

如今

窗外又是月明星稀

窗外又是夜阑人静

室内又是灯下搔首

室内又是思绪飞扬

从彩虹般的青春

栖于诗行

到秋水般的中年
我一直没有释卷

我很多的目光
都埋在了句读之间
我很多的思绪
掠过了书页
去往了梦想的远方

我 (二)

岁月远远带走了我的青春年华

时光过早地泼我一脸沧桑

艰辛企图抹平我的性格

生活还我心中秋水一潭

在一年又一年的风霜雪雨后

在一度又一度的四季轮回后

我庆幸

珍藏在心底的那份激情

还炽热如初

挫折摧毁了我的虚荣

人间冷暖令我平静

走在柏油路面上

我恨不能踩出自己的足迹

每当一天的纷争落幕

每当我卸去身上的外衣

夜幕下　一个发着微黄光芒的小窗口内

我或坐或卧　或激动或平静

独自专注地收获着

心头的几缕诗意

在那些失意的时候

心中的几首小诗

振奋着我整个身心

伴我继续前行　而无所畏惧

令我咬牙坚持

而从不松动攥紧希冀的手

三 十 年

我是岁月河流上的一叶小舟

三十年前拐入军旅的洪流

十年前转入警营的洪流

岁月托举着我前行

我在一段又一段的洪流中校准方向

涉过涌和浪

绕过礁和滩

荡起双桨一路向前

尽管也遇风雨霜冰

但我始终把帆挂在心上

让心保持飞扬的姿势

三十年不长

但我的思绪却很长

时常在时光隧道里自由穿越

时而在五千年前

时而在一万年后
三十年也不短
四季一遍又一遍掠过的足迹
已经覆盖了我当初的青涩

三十年来
我想称道的
是我始终聆听内心的声音
未曾疏忽
未敢忘却

打人间走过

打人间走过

我没有太多的行李

我深一脚浅一脚地前行

只为沿路往心里捡拾几份欣喜与踏实

偶尔在世间人性的光芒中

攫取几首小诗

放在小小的背囊中

打人间走过

我有时快乐如山间一溪

我有时自在如蓝天一云

我有时安静如海边一石

看过人间潮起潮落

我不再想象那些漂泊

我品味着四季风送来的冷暖腥咸

"人生"二字

如一块口香糖

总是嚼在我的茶余饭后

我还未老

天也未老

我正踏实地打人间走过

写在某年的最后一天

回想那些个埋首伏案的日子

回想那些个辗转难眠的夜晚

回想那些个目光执着的时刻

心中的湖水泛起阵阵涟漪

在今天

我还是决定

把它们一一收拢

封存在心底的一隅

因为明天

明天我将踏上一段新的时光征程

我还会在春风化雨中种下梦想

还会在夏日激情中辛勤劳作

还会在秋高气爽中收获喜悦

还会在冬日凝重中深沉孕育

时光　这急躁的行者

不会给我很多空暇

我只有在年底的这最后一天

写几句自由而又深情的话语

把留恋与憧憬一并道来

我该用怎样的一种留恋

来度过今年这最后一天

我该用怎样的一种憧憬

来拥抱即将开启的新年

我的困惑　我的惶恐

我的期盼

在我执笔的瞬间

一起抗拒着我笔端的浅薄与轻浮

它们抱成团　堵在我胸口

忍看我笔端一派空洞

第三篇　亲情爱情

在母亲的炊烟里

我不再期待得到什么

只盼望母亲的炊烟

能长久地　每日三次地

升腾在老家的院子里

母　亲

已佝腰的母亲

常做田间挥镰收割状

常做灶台刷锅做饭状

常做河边洗衣状

这让我始终沉浸在记忆的艰辛里

我不忍端详母亲佝腰走路的样子

她几乎成直角的身躯

像一把弯刀

剜着我的心

母亲依旧忙碌

快乐地忙着烧水做饭

像她当年照顾年幼的我

我阻拦不住母亲

我知道

在她心里

我永远都是一个孩子

一个她一生照顾的孩子

尽管我早已中年

尽管母亲已逾古稀

回到老家

我便回到了母亲的怀抱

回到了母亲集中释放的呵护中

我不知道

我在外时

母亲是怎样把想念揉进每个日子的

母亲的炊烟

春节回老家

我又见母亲在土灶中燃起柴火

母亲执意要和我们一起做饭

袅袅炊烟在清晨升起

在中午升起　在黄昏升起

在小院上空自由自在地弥漫开来

空气中因此荡漾着家的温馨

这气息突然间浸润到我的整个肺腑

流到我全身的每根温热的血管

一下子　我回穿了时光隧道

回到了那些不曾忘却的日子里

我清楚地记得

在母亲日复一日的炊烟里

我曾经快乐地期待着

时常期待一个烤地瓜和弟弟掰开

偶尔期待一张杂面饼和弟弟撕开

每年中也期待一两次煮鸡蛋

——那是在过年或我感冒发烧时

却从未发觉这样已是太奢侈地耗费母爱

从未想到炊烟会永远飘在我以后的回忆里

如今

母亲的炊烟

和母亲佝腰的身姿

引起我阵阵心酸

在母亲的炊烟里

我不再期待得到什么

只盼望母亲的炊烟

能长久地　每日三次地

升腾在老家的院子里

父　亲

父亲　话仍很少
只管干自己要干的活儿
像一头他曾喂过的老牛
这和我记忆深处的父亲一样

父亲偶有所语
声调低沉　温和
甚至轻柔
句句是问候和关爱
这和我记忆深处的父亲不同

数病缠身的父亲
常蜷缩地蹲在墙角
晒着冬日的暖阳
我小时候仰望的他门板一样的脊背
如今紧缩在厚厚的棉衣里打着寒战

曾让我惧怕的他长满老茧的扇子般的巴掌

已浮肿得绵软无力

松弛地　在阳光下握在两膝之间

——此时　我无法知道

他低着的头

是在回忆那些艰辛的往事

还是在打着瞌睡

父亲老了

我再也听不到他响亮的责骂声了

父亲老了

像墙角那棵外皮深度龟裂的老槐树

父亲老了

像一尊风化掉渣的石头

父亲

让我心痛地修改着对他的记忆

又 近 中 秋

当季节把中秋一步步推向我面前
当天空把渐圆的月亮一次次挂起来
偶有闲暇
我便想起老家那个小村庄
和村庄中年迈的双亲

家乡用贫瘠的土地养大了我
父母用坚韧的臂膀托举起我进取的精神
乡亲们用期待的目光看着我成长
那些岁月已被记忆封存
思乡的情怀却与秋意一起渐浓

想看看父母的银发又添了几缕
想看看家中老屋又斑驳了几处
想看看家乡的水土是否还是瘦弱的模样
想看看儿时的伙伴是否还有当初的笑容

想打开感情的栅栏

想让生命回望一次

想让脚步歇息一刻

想让思绪飞扬起来

想让心灵安顿下来

女　儿

你每一次平安归来

都轻轻移走了爸爸心头的一块石头

看着你健康沽泼的模样

我心中总是涌出幸福的泉水

我曾后悔

在你一次撒娇时

因我一句半作玩笑半作真的恐吓的话语

你突然终止了撒娇

女儿啊

你不知

我当时心头突然一酸

却无法收回那句无意中的话

沉重的书包

总是折磨着你娇嫩的双肩

而酸痛时常在我心里

在你微微前倾的身影里

我看到了你的执着和顽强

也看到了你今后独立走向社会的美好未来

繁重的课业负担

没有压住十四岁年龄里的笑声

你曾多次说过不想长大

我由此品味出了你心中的幸福

你这无厘头的话

反给了一位父亲幸福的满足感

和小小的成就感

女儿啊

你身上汇聚了我一层又一层的关爱的目光

你像一个风筝

扯着一根线　线的另一端系着我的心

你在哪里

我的心就被这根线拉扯着朝向哪里

你的快乐和健康成长

就是我的晴天

【作者注】此诗写于女儿 14 岁时。

飞 翔 吧

——致在京参加夏令营活动的女儿

你是我的翅膀

带着我的梦想远飞

你的一举一动

牵动着我敏感的神经

我把许许多多希冀的目光

叠放在你的影子上

从未敢堆放在你身上

生怕你稚嫩的羽翼

负担不起我目光的重量

飞翔吧

天空高远得很

愿你囊括天空的辽阔

放在自己的心中

愿你采撷天地间的灵感

点亮自己的智慧

愿你汲取日月的精华

铸造自己的志向

愿你领悟大地的厚重

铺垫自己的人格

飞翔吧

你的每次振翅

都让我的心产生共振

飞翔吧

把人性的璀璨光芒尽情挥洒

若干个春秋之后

我在夕阳下漫步时的回首里

看到的不只是你成熟的面庞

还会有你身影划过后留下的道道彩虹

【后记】此诗写于 2015 年 7 月 31 日中午。此时，15 岁的女儿已去北京参加夏令营活动数日。我汇集了心中的惦念和祝福，写了这首诗。这不只是舐犊之情。

陪 你 长 大

——致女儿

你曾说过不想长大

我知道

那是你在留恋父母营造的温暖的小窝

我不但没有责怪你

反而从中找到了自己的成就与欣喜

但你还是很快地长大

每每看到你高过我头顶的颀长身材

我总是心生喜悦

你的脸上总是洋溢着春天般的景象

你的发梢总是涌动着按捺不住的活力

你的脚步总是流动着舒展的快乐

陪你长大

不是我在尽义务

而是我在享受快乐

你快长大吧

带着你满怀的梦想

带着你牛犊般的锐气

你快长大吧

在书山上奋力攀登

在学海中尽情遨游

你快长大吧

世界在你眼前越来越广阔

天际在你眼前越来越亲近

你快长大吧

我已不惧衰老

你的成长让我看到了自己新的存在

你快长大吧

我不担心你鸟儿般远飞

即使你身在天涯

我的心也会与你共振

我仍然会感到你近在咫尺般的气息

让梦想起飞

——送女儿赴京参加某项全国中学生作文大赛

我还是决定

这样放手

我知道

你渐丰的羽翼

和初蓄的锐气

需要广阔的天地

甚至需要一点风雨

而不再是温暖的怀抱

很多事情

就这样和你一起踏上了征程——

譬如梦想　譬如完整独立的人格

譬如自由的心性

栖于诗行

没有什么是值得畏惧的

只要迈开脚步

就会有路

只要走在路上

就会看到希冀挂在前方

尽管你的远行

使得惦念在我心中如山般堆积

但我还是期待你放飞的梦想

划过天空后留下彩虹

愿你携一缕清新的气息

一抹文化的灵光

和一股成长的豪气

归来在我期待的目光中

愿你此行为青春再添一笔亮丽的色彩

为人生再铺垫一层踏实的底蕴

【后记】今晨,送 16 岁的女儿乘坐高铁去北京参加某项全国中学生作文大赛后,我心中很是惦念。这是女儿在没有成年人陪伴的情况下的首次远行。但我还是决意放手,让她历练。在这样的有点复杂的心情下,我写了这首诗。

期　待

——致在京参加某项全国中学生作文大赛的女儿

梦想已上路　与你同行

你并不孤单

你原本单薄的身影

因此升腾起朝霞般的光芒

所谓美丽青春

其实是稚嫩的激情的挥洒

尽管懵懂的原色尚未褪尽

所谓美好人生

其实是一段携梦的跋涉

尽管酸甜苦辣的滋味在心中此起彼伏

世界已在你面前筑起一个更高的平台

许多精彩的故事

等待着你去主演

人生画卷的首页已有你描绘的彩色

但更为绚丽的图案

等待着你去落笔

愿你手中攥紧勇气

愿你心中蓄满执着

愿你步步踩着坚定

从此开启一段更宽阔的征程

瞄准前方的目标

把智慧奋力地投送过去

你如刃的锐气不衰

我如影随形的期待不老

任它世事恭顺与莫测

撑起你的翅膀

——陪女儿赴济南参加某学科奥林匹克竞赛

我现在走在你身边

只为撑起你的翅膀

愿你以梦想为翼

在广阔天地

划下美丽弧线

用激情的身影

绘出人生的优美轨迹

岁月不老

青春易逝

唯激情能点燃拼搏的火花

唯执着能冲破挫折的阻挠

唯主动能握紧命运的缰绳

唯自信能找到前行的方向

唯善良能洗刷飘落的尘埃

我亦不老

不老的是我期待的目光

任时光流转

任沧海桑田

我毅然翘首天际

寻找我曾撑起的翅膀

——那时

愿你携一抹彩云

在我目光铺就的光亮大道上

欢快地走来

【后记】在刚刚过去的这个夏天，我在送女儿赴北京参加作文比赛之后，又陪女儿赴济南参加某学科奥林匹克竞赛。在女儿"南征北战"、主动出击的日子里，我不仅看到了女儿飞扬的青春的美丽，也体会到了自己作为父亲对女儿成长的殷切期望。这份宝贵的人间情感当记下，于是又有了这首诗。

你已亭亭玉立

——写给迎接高考的女儿

你已亭亭玉立

追梦　不再是一句空洞的话语

而是你每个黎明伴着闹钟声响的起身

是你每个深夜灯下的埋首

是你清朗的脚步

是你不回首的身影

是你忙碌之后的忙碌……

你已亭亭玉立

青春点燃了梦想

梦想照亮了前程

前程敞开了怀抱

你已亭亭玉立

你撷取了天地间的灵感

你升华了书本的芬芳

你已亭亭玉立

无须自顾

长长的征途

在期待你

期待你的每个脚印里

都蓄满执着

致 女 儿

——写在女儿接到大学录取通知书之日

你青春的远方

已被梦想照亮

你前行的路上

洒满了灿烂的阳光

无须左顾右盼

只管风雨兼程

只要每一步踏实

尽管勇敢向前

我在你的后方

用目光远随

你要少回头

多埋首

用老师们的智慧之光

照亮字里行间

也照亮远眺时的前方

在通往书山的路上

披荆斩棘

用学业的辉煌

铺垫人生的底色

栖
于
诗
行

送女儿入读大学

七个小时的高铁路程中

我不断梳理着记忆

你眺望车窗外的眼神里

蓄满了新的希冀

往昔的那些披星戴月

那些风雨无阻

那些深夜无眠

都化作了厚实的底蕴

垫起了你跨过新门槛的脚步和自信

新的林荫道

引领着你的脚步

新的天空

吸引着你的遐思

新的目标

振奋着你的心情

愿你把力量汇聚于脚步

追逐着年轻的时光

攀登一座又一座知识的高峰

愿你把目光投放得远些再远些

环绕地球

又瞄准学业的靶心

愿你领略人间的风雨

识得生活的况味

又时常触摸自己温热的心

我要回到你出发的原点

仅把期盼留在你身边

远方的我

会和你一起迎来每个黎明

送走每个深夜

和你一起把每个日子都塞满理想

镀上金色

让我们相约

相约在四年后的夏天

我们一起回望你今日的梦想起航

致 妻 子

曾经在鼓胀的信封里

相互夹寄爱情的种子

一起把美好的未来憧憬

曾经在深秋山林间的小道上

共同把成熟的爱情捡起

放入你我拥抱的怀中

如今　迎面走来的日子

有时夹带着风沙

迷了你纯真的双眸

亲爱的　请相信我

相信我为你的一一指点

就像相信当初　我为你指点

那半山坡上的片片红叶

爱情　如油灯

需时常添油与拨弄

才会愈燃愈亮

婚姻　如饭桌

需共同热情围坐

才会有家的温馨

心情　如窗户玻璃

需时常擦拭

才会明亮清爽

而我　如一坛酒

你需认真品味

才会嗅得飘逸的醇香

切莫把我当作干渴时

咕嘟咕嘟咽下去的温开水

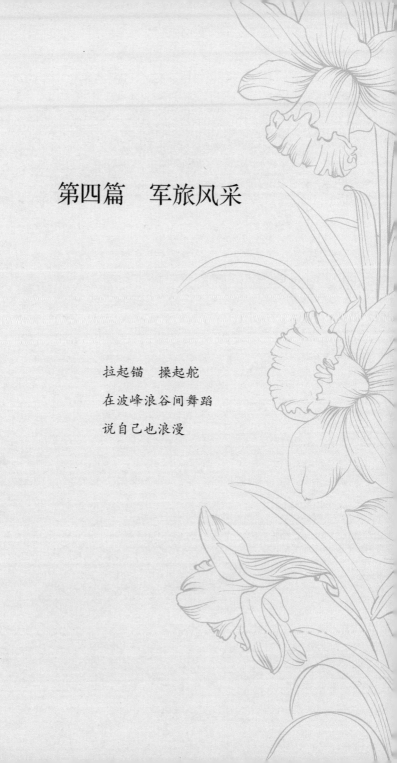

第四篇　军旅风采

拉起锚　操起舵

在波峰浪谷间舞蹈

说自己也浪漫

水　兵

不再好奇地眺望水天相接的默契

不再痴迷地遐思茫茫蔚蓝的深沉

每次搏击过惊涛骇浪之后

总是沉默地仰望深邃的天空

说天上遨游的鸟儿

是自己

不再迷恋温馨的港湾

不再醉心悠闲的岸边

拉起锚　操起舵

在波峰浪谷间舞蹈

说自己也浪漫

不喜欢把感慨唱成歌

不喜欢把誓言随风洒

总是执着在那片蓝色国土

驾舰如挥笔——

认真地描绘

说在绘人类和平的花朵

士　兵

如今　他们

不愿再在词典里查找

关于自己的这个概念

如果不是为了

嘱托　如果不是为了

祖国　如果只是为了

自我——

他们也不会知道

词典里的解释　原来有误

哨位？

那是放飞希望的

窗口

钢枪？

那是编织乐园的

篱笆
——他们的解释

大概像春天赏花的人们

忽略了嫩绿的小草一样

有人　忽略了他们

于是他们便说

小草　是伟大的投影

花期过后的季节

依然奉献给人们　一片春天的生机

而不计较曾经受到的冷漠

——他们的志趣

当有人

抛来"傻大兵"的称谓时

他们也低下头挠了挠后脑勺

再次抬起头时

他们却会心地笑了

温和　平静

自信　自励

然而

——这却不是他们的乐趣

关于乐趣

我想　大概

在他们仰望蓝天上悠闲白云的遐思里

在他们喂食门前成群鸽子时的安宁里

要么就在他们把一个厚厚的信封

放进邮筒时的郑重许诺里

等　待

年少时

我一直等待

因为我相信

有一天我一定会长大

夜晚

我一直等待

因为我相信

黎明一定会到来

雨天

我一直等待

因为我相信

阳光总在风雨后

如今

我一直等待

因为我相信

我的未来一定会比从前精彩

等待

消瘦了我的容颜

却充盈了我的心房

等待

冲刷了我青春的颜色

却增强了我的脉搏

等待

耗去了我的时光

却点燃了我梦想的火炬

等待

是万涓成水

是洪流决堤前的广蓄并容

等待

是默默地耕耘

是春天对秋天的憧憬

等待

是大地对根的深情

是大树对蓝天的执着

等待

是对奋斗的一种诠释

是对人生的足够自信

【作者注】此诗写于和发表于我的军旅时期，故将其放在此篇。

致 母 亲

自从那年秋天

我穿上了军装

您　便成了我永恒的思念

十几个寒来暑往

十几个春华秋实

当我的肌肤不再稚嫩

当我的肩膀不再瘦削

我依然记得您当初

一遍又一遍的叮咛

我用汗水浇灌我的理想之花

我用默默的刻苦耐劳慰藉不时涌起的

对您的思念

成功了　我欣喜

但同时又感到您好像就在我身边　对我

有新的期待

失败了　我痛苦

但同时又感到您好像在看着我难过　于是

我变得坚强　变得执着

于是我成长

于是我又让您欣喜　让您骄傲

我深知啊

我是您心中放飞的风筝

有一根无形的线　从您的心中牵出

连着我

我的每一次摇摆

都牵动着您的心

这线　便是您深深的

希冀

我知道

您最喜欢　我穿那身褪了色但依旧平整的

军装

您说过　看到了那身军装

就看到了我的成长　看到了我

有个兵样

母亲啊

每次看到您那皲裂的双手　和您

斑白的鬓角

我的心中便涌起一阵酸楚

母亲啊

我拿什么慰藉您那依旧期待的眼眸

您让我变得深沉　变得自重

每一天我都不敢闲过

每一事我都不敢懈怠

我不在乎目前是失败还是成功

我不在乎前程是艰难还是顺利

我只知道我必须前行

沿着您目光的方向

作一只挂满帆的小船

融入浩浩荡荡的新世纪的舰队

借时代的季风　驶向

您所希冀的光辉灿烂的

彼岸

【作者注】此诗写于和发表于我的军旅时期,故将其放在此篇。